Mineurs et vaccinés

Du même auteur
chez le même éditeur :

La vie drôle et secrète du père Noël, dessins
Sampar, coll. Mille bulles 1998 (épuisé).

C'était un 8 août, roman, coll. Graffiti, 1999,
finaliste au Prix Hacktamac 2002.

L'arbre de Joie, roman, coll. Ma petite vache a mal
aux pattes, 1999. Prix Boomerang 2000.

Zzzut !, roman, coll. Ma petite vache a mal aux
pattes, 2001.

Chez d'autres éditeurs :

Les parents perdus, Cerrdoc, Sherbrooke, 1993.

La mémoire oubliée, Cerrdoc, Sherbrooke, 1994.

La dent au bout du fil, Cerrdoc, Sherbrooke, 1996.

Cendrillé, coll. Papillon, éditions Pierre Tisseyre,
1997.

Où sont mes parents ?, coll. Sésame, Éditions
Pierre Tisseyre, 1999.

Coco, coll. Sésame, Éditions Pierre Tisseyre,
2000.

Savais-tu… les dinosaures, coll. pour rire et
s'instruire, Éditions Michel Quintin, 2001.

Savais-tu… les chauves-souris, coll. pour rire et
s'instruire, Éditions Michel Quintin, 2001.

Savais-tu… les serpents, coll. pour rire et
s'instruire, Éditions Michel Quintin, 2001.

Savais-tu… les araignés, coll. pour rire et
s'instruire, Éditions Michel Quintin, 2001.

Espèce de Coco !, coll. Sésame, Éditions Pierre
Tisseyre, 2002.

Mineurs et vaccinés

un roman écrit par Alain M. Bergeron
illustré par Sampar

SOULIÈRES ÉDITEUR

case postale 36563 — 598, rue Victoria,
Saint-Lambert, Québec J4P 3S8

Soulières éditeur remercie le Conseil des Arts du Canada et la SODEC de l'aide accordée à son programme de publication et reconnaît l'aide financière du gouvernement du Canada par l'entremise du Programme d'Aide au Développement de l'Industrie de l'Édition (PADIÉ) pour ses activités d'édition. Soulières éditeur bénéficie également du Programme de crédit d'impôt pour l'édition de livres – Gestion Sodec – du gouvernement du Québec.

Dépôt légal: 2002
Bibliothèque nationale du Canada
Bibliothèque nationale du Québec

Données de catalogage avant publication (Canada)

Begeron, Alain M.

Mineurs et vaccinés
(Collection Ma petite vache a mal aux pattes ; 34)

Pour les jeunes de 6 à 9 ans.

ISBN 978-2-922225-64-X

I. Sampar. II. Titre. III. Collection.

PS8553.E674M56 2002   jC843' .54´   C2001-941344-0
PS9553.E674M56 2002
PZ23.B47Mi 2002

Conception graphique de la couverture:
Annie Pencrec'h

Logo de la collection:
Caroline Merola

À Sylvie,
pour qui j'ai la piqûre

Chapitre 1

Madame Piqûre

Même s'il fait sombre, je cours en tous sens. Mes pas sur le plancher résonnent dans le couloir de l'école.

—Au secours !

La voix aiguë que je reconnais provient de ma classe, là où il y a de la lumière. J'ouvre la porte. La scène m'arrache un cri.

—Aidez-moi, s'il vous plaît, gémit Xavier Beaulieu, attaché

par des élèves à une chaise avec du... papier collant.

Des centaines de rouleaux vides jonchent le sol. Une femme habillée de blanc lui met un gros pansement sur la bouche pour l'empêcher de hurler.

—Tu vas te taire, espèce de peureux ! lui crie-t-elle dans les oreilles. Tu es en retenue !

Au tableau, mon meilleur ami Anthony écrit à la craie : « Il faut toujour écouter madame Piqûre. » Il a reproduit cette phrase des dizaines et des dizaines de fois.

—Anthony, qu'est-ce qui se passe ici ? lui dis-je.

—Faute ! Faute ! Faute ! disent les élèves qui remplissent la classe.

Anthony a les yeux fermés. Il se tourne en direction du tableau. Il secoue la tête.

—*C'est vrai, j'ai fait une faute, constate-t-il. Toujours garde toujours son « s ».*

Geneviève, mon professeur, s'approche.

—*Tu connais la punition ? dit-elle d'une voix lugubre, en lui remettant une brosse à tableau.*

—*Oui, je dois m'effacer...*

Anthony prend la brosse et commence à la passer sur ses jambes... qui disparaissent ! Des

parties de son corps s'évanouis-
sent dans l'air. Il ne lui reste plus
que la main et la tête.

—Il fallait me corriger, Doum-
Doum, me dit la bouche d'Anthony, sur un ton de regret.

Je hurle de terreur : on ne le
voit plus. La brosse tombe
lourdement par terre.

—Noooon !

La porte de la classe claque derrière moi. Je ne peux saisir la poignée parce quelqu'un l'a effacée. Je n'ai pas le temps d'en dessiner une nouvelle. Des élèves me saisissent par les bras et me forcent à prendre place sur la chaise du professeur.

Madame Piqûre me fait face. Les yeux injectés de sang, elle

trouve une aiguille dans une botte de foin et la met au bout de sa seringue. L'aiguille est aussi longue qu'un crayon.

Je me débats farouchement pour me libérer, mais en vain. Je suis immobilisé. Je sens que quelqu'un remonte la manche de mon gilet. C'est... Xavier Beaulieu !

Ses yeux sont fermés. Lui aussi est sous le pouvoir de la dame en blanc. Avec un gros stylo feutre noir, il barbouille un cercle sur mon bras droit, comme une cible. Au centre, là où se trouve un gros point noir, il griffonne : « Piquez ici. »

Madame Piqûre s'empare d'une grosse éponge. Elle la plonge dans un seau d'eau, où baigne un hippopotame, et elle me badigeonne rudement tout le bras droit !

—Non. Je suis droitier ! Je suis droitier !

Des élèves, qui ont aussi les yeux fermés, transportent une énorme seringue. Madame Piqûre dirige la pointe de l'aiguille vers mon bras.

—Ne bouge pas ! Ça ne te fera pas mal... Mais je peux me tromper !

Et elle éclate d'un rire épouvantable.

Je détourne la tête et je serre les dents, persuadé que l'aiguille me transpercera le bras. Je serai comme un papillon qu'on veut épingler pour l'exposer. Un papillon épinglé... un papillon épinglé...

—Dominic, mon chéri. Réveille-toi, mon grand. Tu fais un cauchemar.

—Qu... Quoi ?

Ma mère me caresse doucement le bras. Je pousse un soupir de soulagement. Ouf ! Je suis dans mon lit, en toute sécurité. C'est le matin. Le soleil perce les rideaux. Je cache mon visage dans la robe de chambre de ma mère. Rassuré, je lui raconte mon mauvais rêve.

—Je ne pensais pas que le vaccin contre l'hépatite B te troublerait à ce point.

Je mets un temps à comprendre.

—Le vaccin ?

—Oui, mon chéri... C'est aujourd'hui.

Je recommence à crier !

Chapitre 2

Pour tous
les élèves

J'y pensais depuis quelque temps, un peu comme pour Noël, quand on fait le décompte des jours qui restent. Sauf que là, ce n'est pas la fête : c'est pour de vrai.

Je n'ai presque pas mangé. Je sais que le repas du matin est le plus important de la journée, mais aujourd'hui je n'ai pas faim. J'ai avalé un tiers de banane, un quart de rôtie et la moitié d'un jus d'orange. C'est vraiment une fraction de déjeuner.

Le visage de madame Piqûre ne cesse de me hanter. Elle avait de grands yeux bruns, une bouche pleine de dents blanches, un nez et même deux oreilles sous ses cheveux noirs qui ondulaient. C'était... monstrueux !

Avant de quitter la maison, je caresse une dernière fois la tête de ma petite soeur Isabelle. Je ne lui donne pas de baiser, car ses joues sont barbouillées de beurre d'arachide et de confitures de fraises. Vais-je la revoir ?

—Je changerais bien de place avec toi aujourd'hui, mon Isa...

—Tu sais qu'elle se fait percer les oreilles ce matin, Dominic ? me signale maman.

—Les oreilles ? Bye !

Je me suis traîné les pieds pour me rendre au coin de ma rue. Les freins qui crient annoncent l'arrivée de l'autobus. Je grimpe à l'intérieur, saluant d'un bref regard le chauffeur Bruno. Bruno, c'est son prénom, mais ça pourrait être aussi son nom de famille. Personne n'a pensé à le lui demander.

Je lui glisse à l'oreille :

—N'allez pas trop vite, s'il vous plaît...

—Ah ! je vois... C'est ce matin que ça se passe...

Je m'assois à l'arrière, en fixant le vide.

Bruno a pas mal d'expérience derrière le volant d'un autobus scolaire. Il sait ce que l'automne ramène pour les élèves de quatrième année qui fréquentent l'école André-Fortin. Personne n'y échappe.

Sur la banquette derrière moi, Vincent, un grand de sixième année, constatant mon inquiétude, se moque de moi. Il dit à voix haute à ses amis :

—Eh, les gars ! Vous savez pourquoi les infirmières s'exercent à piquer des oranges et des pamplemousses ? Parce qu'ils ne peuvent pas crier, eux !

Normalement, on met un quart d'heure à se rendre à l'école. Là, ça m'a paru quinze minutes, pas plus.

La porte s'ouvre. L'autobus se vide. Il ne reste plus que moi, toujours assis à ma place.

—Faut y aller, me dit Bruno, en me tirant doucement le bras. C'est trois fois rien. Tu m'en reparleras au retour.

La cloche sonne la rentrée des élèves. Je rejoins Anthony au vestiaire. Il voit bien que je n'ai pas bonne mine.

— Tu as bien dormi ?

— Non... J'ai rêvé à madame Piqûre...

—Madame Piqûre ? dit Anthony, l'air amusé et la curiosité piquée.

—Oui, madame Piqûre. C'est comme ça que les élèves l'appelaient dans mon rêve.

—Bonjour Anthony. Bonjour Dominic.

—Bonjour Geneviève, répondons-nous en choeur à notre professeur en entrant dans la classe.

Ça m'est très étrange de revenir dans cet endroit que j'ai fréquenté toute la nuit passée ! J'ai l'impression de faire du temps supplémentaire.

Je prends place à mon pupitre. Anthony est mon voisin. Je revois en pensée la scène avec madame Piqûre et les élèves transportant l'immense seringue. J'en frissonne presque.

—Tu étais dans mon rêve, Anthony. Tu écrivais une phrase au tableau, toujours la même. Tout le tableau en était rempli. Et parce que tu avais fait une faute, tu t'étais effacé avec une brosse. Et il y avait madame Piqûre qui me menaçait avec une très longue aiguille, et...

Anthony m'interrompt :

—C'est vraiment effrayant, Dominic ! Une chance que c'était seulement un mauvais rêve. Moi, faire une faute ! À quel mot, au juste ?

Je souris. C'est vrai que Anthony est le meilleur dans

les devoirs d'écriture.

—Tu avais écrit toujours, mais sans « s ».

—Sans « s » ? Comment est-ce possible ? Je ne devais pas être en forme. Tu m'excuseras... Il fallait me corriger, Doum-Doum ! J'essaierai de faire mieux dans ton prochain rêve, dit-il, d'un air taquin.

—Salut, les amis !

C'est la voix aiguë de Xavier Beaulieu. Il paraît en grande forme, ce qui change des mines inquiètes des autres enfants de la classe.

J'ai presque le goût de lui raconter comment il m'est apparu la nuit dernière, retenu à une chaise par du gros papier collant. Je pourrais lui refaire le coup, après tout !

Notre professeur Geneviève tente de nous changer les idées, mais elle voit bien que c'est inutile. Qui peut bien avoir la tête à additionner 33 pommes et 44 oranges pour savoir combien Tante Hortense porte de fruits dans son panier ? D'ailleurs, quand elle a posé sa question, personne n'a levé la main pour y répondre, excepté Xavier Beaulieu, qui a l'air d'avoir oublié que ça se passe ce matin.

—Vous aimeriez qu'on en parle avant d'y aller ? interroge Geneviève.

Tout le monde dit oui avec la tête.

—Aller où ? questionne Xavier Beaulieu. On sort aujourd'hui ?

Il regarde autour de lui, sans comprendre.

—Non... Pas une communication orale !

Xavier Beaulieu déteste cela. Je le rassure à ce sujet. Mais il y a une chose qu'il hait encore plus que les communications orales et elle est écrite au tableau, là où viennent de se porter ses grands yeux verts.

« Vaccin pour tous les élèves de quatrième année, à 9 heures »

Le déclic se produit dans sa petite tête.

—Ce n'est pas vrai ? C'est une blague ? Je viens de recevoir le vaccin de la maternelle !

Il se cramponne à son bureau. Il faudrait une spatule pour lui décoller les mains de là.

—Du calme, Xavier Beaulieu, dit Geneviève. Ce n'est qu'une toute petite piqûre et...

—Une petite piqûre ? explose Xavier Beaulieu. Ça n'existe pas une petite piqûre. Les aiguilles sont toujours trop longues. C'est de la torture ! Mes parents ne m'en ont pas parlé.

—Tes parents ont signé l'autorisation, dit Geneviève, avec calme.

Elle est consciente de l'effet de panique qui peut gagner rapidement sa classe.

—Quoi ? Quoi ? Quoi ? aboie Xavier Beaulieu, presque hystérique. Ils n'ont pas le droit ! Je me plaindrai à la Protection de la Jeunesse. Je les poursuivrai en Cour pour mauvais traitements.

Anthony se lève de sa chaise et se précipite vers lui.

— Vite ! Donnez-moi un téléphone cellulite, quelqu'un, je vais signaler le 9-1-2. Il faut remédier à cette situation d'urgence, comme quand Dominic avait collé sa langue sur un poteau de fer en plein hiver !

— Le 9-1-2 ? répète Geneviève, éclatant de rire. Bon sang, Anthony... C'est le 9-1-1 !

— *Le numéro que vous avez composé n'est pas en opération. Veuillez vérifier et composer de nouveau*, récite Anthony, empruntant le ton neutre d'une boîte vocale.

Son petit numéro a un effet calmant sur Xavier Beaulieu qui, du coup, retrouve ses esprits et parvient à sourire faiblement.

—Je pense que j'ai exagéré un peu, convient-il, l'air penaud.

—Rassieds-toi maintenant et prends de grandes inspirations, lui suggère Geneviève. Ça te calmera.

Xavier Beaulieu approuve, soufflant avec force, comme un taureau. Il se frotte les épaules comme pour les engourdir. Anthony se penche vers lui :

—Beaulieu, mon ami, tu as de la veine, car tu ne ressentiras aucune douleur aux épaules...

—Tu es certain ? dit Xavier, les yeux remplis d'espoir.

Sur le ton de la confidence, Anthony murmure à son oreille.

—Mais oui, parce que l'infirmière donne la piqûre... sur la fesse !

J'ai rarement vu une mâchoire se décrocher aussi rapidement. Et dans son regard, j'ai lu que Xavier Beaulieu était en train de se demander comment il pourrait bien engourdir ce sur quoi il était assis...

Je consulte l'horloge. Il ne reste plus que cinq minutes. La grande aiguille des secondes court à grande vitesse sur le cadran. L'aiguille ? Et moi qui ne voulais pas penser au vaccin. Je ferme les yeux. L'horloge fait Tic... Tic... Tic... Pic... Pic... Pic...

Décidément !

La porte de la classe s'ouvre.

Une dame s'avance vers nous. Mais... je la reconnais ! Je la pointe du doigt et je crie :
— C'est madame Piqûre !

Chapitre 3

L'hépatite A, B ou C

—**M**adame Piqûre ? dit la dame, surprise, après avoir refermé la porte de la classe derrière elle.

—Je m'excuse... Ça m'a échappé, dis-je en marmonnant et en cachant mon visage de mes mains moites.

J'ai l'air d'un bel idiot. J'en ai pris l'habitude depuis la fois où je n'étais plus capable de remonter ma fermeture éclair dans les toilettes avant ma communication orale. Mais je vous en ai peut-être glissé un mot déjà.

La dame se prénomme Sylvie, elle est infirmière au CLSC. Le CLSC c'est l'abréviation de Centre Local de Services Communautaires. Elle est responsable du programme de vaccination pour l'hépatite B. Elle a des cheveux qui ondulent comme ceux de la madame Piqûre de mon cauchemar, elle a le nez situé au même endroit dans le visage, mais c'est tout. Il y a quelque chose de rassurant dans sa façon de nous parler et de nous regarder. Comme s'il n'y avait rien à craindre.

—Elle paraît gentille, ta madame Piqûre, chuchote Anthony.

—Ne t'y fie pas. C'est notre bourreau, lâche Xavier Beaulieu dans un murmure.

—Tu peux arrêter de rebondir sur ta chaise ? lui demande Geneviève.

« Mais comment je vais faire pour m'engourdir, alors ? dit Xavier Beaulieu en lui-même. »

—Qui peut me dire ce qu'est l'hépatite B ? interroge Sylvie l'infirmière.

Je connais la réponse.

—C'est une infection du foie causée par un virus, dis-je sans hésiter.

—Et patati ! Et patata ! Mais il est épatant, ce Doum-Doum, tellement qu'on devrait le vacciner pour l'hépatite A ! Eh, madame Piqûre, il pourrait jouer votre mascotte, Globule !

—Et comment peut-on se protéger de l'hépatite ? questionne Sylvie, ignorant la suggestion amusante de mon ami.

Xavier Beaulieu gesticule tellement des bras que l'infirmière n'a d'autre choix que de lui donner la parole.

—Moi, je sais ! Moi, je sais ! C'est en se lavant les mains après avoir été aux toilettes, répond-il, sans que l'on ne sache trop s'il blaguait ou pas.

—Par un vaccin, corrige Sylvie. Vous savez, ce vaccin est important pour vous. C'est un cadeau que vous font vos parents en acceptant que vous le receviez.

Des protestations s'élèvent, dont celle de Xavier Beaulieu :

—Si vous me permettez, ce genre de cadeau ne m'emballe pas du tout ! J'aime mieux donner que recevoir. Et puis, ce n'est pas ma fête. Je vais avoir dix ans en décembre ! bougonne-t-il.

—Moi, j'ai déjà reçu des vaccins contre les allergies, dit Sophie Laroche, celle qui porte un foulard rouge sur la tête.

—Voilà les malheurs de Sophie qui recommencent, murmure Anthony.

Encouragée par l'infirmière, elle raconte qu'elle a passé un premier test d'allergie à l'âge de huit ans. Elle a eu 20 piqûres et 35 petites égratignures dans le dos. Elle a été très courageuse et n'a presque pas pleuré.

—Depuis, on me vaccine tous les mois pour me guérir de mes allergies. Ce n'est pas si terrible que ça.

Maxime lève la main à son tour. Pour traiter ses allergies, sa mère l'a amené chez un acupuncteur. Il s'est retrouvé couché sur une table, avec plein de petites aiguilles dans le visage.

— Ça ne me faisait même pas mal, mais je ressemblais à une pelote d'épingles.

Tout le monde a ri.

Sandrine, elle, explique qu'elle souffre du diabète et qu'elle doit se donner des injections d'insuline tous les jours.

Samuel se lève de sa chaise et annonce qu'il a reçu un suppositoire pour soigner son rhume...

Un long silence suit ses propos.

Madame Piqûre, Sylvie, consulte une feuille et nomme trois enfants pour commencer : Sophie Laroche, Anthony Valois et Dominic Abel.

—C'est l'heure, dit l'infirmière.

—Oui, notre heure est venue, reprend Xavier Beaulieu, d'un ton sinistre.

Je ne peux empêcher mon coeur de battre plus rapidement.

Zzzut !

Chapitre 4

Garder son sang-froid

Nous nous dirigeons vers la grande salle de l'école, escortés par Jeannette, la secrétaire de l'école, toujours au rendez-vous pour donner un coup de main.

—Je rêve du jour où les chercheurs inventeront un vaccin

contre les piqûres, dit Anthony à qui veut l'entendre.

Nous croisons un groupe de cinq élèves de l'autre classe de quatrième année, qui reviennent de l'Opération hépatite B. Les trois premiers, deux filles et un garçon, sourient. La quatrième retient avec peine ses larmes. Mais c'est peut-être aussi à cause de la boucle d'oreille qu'elle a dans le nez. Le cinquième marche d'un pas rapide, l'air insulté, en se tenant l'épaule.

—Je ne remets plus jamais les pieds dans cette école, gronde-t-il.

Non, mais quelle mouche l'a piqué, celui-là ?

—Ici ! commande Jeannette, qui a vu Anthony se faufiler en douceur dans l'autre groupe.

Nous entrons dans la grande salle. Jeannette rebrousse chemin pour aller chercher d'autres élèves. Une chaise est libre près de l'infirmière Sylvie.

—C'est à toi, dis-je à Anthony.

—Moi ? Mais non, c'est toujours toi le premier dans ces histoires-là. C'est comme pour les communications orales.

—Oui, mais des fois, Geneviève débute par la fin. Et puisque c'est une journée qui finit par un « i », c'est à ton tour.

Anthony réfléchit un moment.

—Eh ! Tous les jours de la semaine finissent par un « i » ! Allez, on joue à roche, papier, ciseaux pour savoir qui sera le premier.

—J'aimerais mieux une partie d'échecs...

—Bande de peureux ! lance Sophie Laroche, dépitée.

Après avoir remis sa fiche d'autorisation de vaccination, Sophie relève la manche de son gilet. L'infirmière lui dit quelque chose de gentil à propos de son

foulard rouge. Elle lui frotte le bras avec un tampon humide, elle prend sa seringue et pique Sophie sans que celle-ci réagisse ou qu'elle perde son sourire. Pire, Sophie l'a regardée faire ! Moi, j'en serais incapable.

Sophie écoute ses recommandations, la remercie et quitte les lieux tout bonnement pour retourner en classe.

Quoi ? C'est aussi simple que ça ? Ça n'a même pas pris deux minutes...

Anthony est le suivant. Invité par l'infirmière, il s'avance. Il a le teint verdâtre d'un fruit pas mûr, un peu comme des pommes dans lesquelles il pourrait tomber d'ici peu.

—Où est la civière ? Si je perds conscience, j'aimerais savoir sur quoi je vais me réveiller...

—Ne t'inquiète donc pas, tu peux dormir sur tes deux oreilles, lui dit Sylvie, un sourire dans la voix.

Anthony a pris place sur la chaise. Il lui tend sa fiche d'au-

torisation de vaccination. Mais comme il ne veut pas la lâcher, elle doit presque la lui arracher.

—Tu es droitier, Anthony ? Alors, on va piquer l'autre bras, dit Sylvie.

—Mais je suis gaucher aussi, reprend Anthony. Je suis ambidextre. Des journées, je suis plus gauche de la droite ou plus adroit de la gauche. Ça dépend de quel pied je me lève. Si c'est le pied droit, alors...

—Bien, nous allons prendre le gauche, annonce-t-elle, en y appliquant un tampon humide.

—Attendez ! Vous connaissez le dicton : Mieux vaut prévenir que guérir... Je suis prévenu, donc... je peux m'en aller.

L'infirmière lui sourit.

—Tu sais que c'est la première fois que je l'entends celle-là... Alors, on y va, mon petit comique. Tu ne sentiras presque rien.

—Je ne sentirai presque rien ? C'est vous la petite comique... Vous allez m'endormir avant de me piquer ? Est-ce que je vais perdre beaucoup de mon sang-froid ? Est-ce que toute ma vie va se dérouler au ralenti devant mes yeux ?

—Non, non et non, répond patiemment Sylvie, plantant l'aiguille dans le bras de mon ami.

Elle injecte une toute petite quantité du liquide clair.

—Voilà, c'est terminé, dit-elle.

Il bondit de sa chaise comme un ressort qui se détend. Visiblement soulagé, il s'incline avec panache, en un salut théâtral.

—Merci, vous avez mis du piquant dans ma journée, madame.

Et Anthony se dirige vers les autres élèves qui attendent en ligne dans le couloir. Il se frotte le bras et grimace :

—Bon courage... Ça fait mal, très mal même... leur dit-il avec de faux sanglots dans la voix.

Chapitre 5

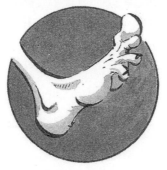

C'est mon tour

Moi, je n'ai pas envie de rire. C'est mon tour. Je m'assois et je relève lentement la manche gauche de mon gilet.

—Ça va bien se passer, Dominic, m'assure l'infirmière d'une voix très douce, après avoir consulté ma fiche. Prends de grandes inspirations.

Mes mains tremblent un peu. J'ai peur que ça fasse mal...

Sylvie me regarde droit dans les yeux quand elle me parle. Elle frotte mon bras avec un tampon humide.

—Mmmm. Ça sent bon... Qu'est-ce que c'est ?

—Du parfum d'infirmière…

J'ai sûrement un point d'interrogation dessiné sur le visage, car elle précise :

—C'est un tampon d'alcool.

Je reste calme. Je contrôle mes émotions. Je ne suis pas nerveux du tout... J'aurais dû apporter ma doudou de la maison. Rira-t-elle de moi si je mets mon pouce dans ma bouche ?

—Ton bras est mou comme de la guenille, Dominic ?

—Ouu.. Oui.

Mon père m'a donné un petit truc avant de partir pour l'école, ce matin. Il m'a suggéré de me concentrer sur un autre point de mon corps, comme le bout des orteils par exemple. Alors, c'est à mon gros orteil que je pense.

—Je n'ai rien senti ! dis-je, ravi, à l'infirmière.

—Je n'ai pas encore piqué, corrige-t-elle. On y va ?

Je préfère ne pas regarder. Je fixe le plafond.

—Ne bouge pas. Ça ne te fera pas mal...

Comme dans mon rêve ! Je maîtrise un tremblement naissant.

—Oui, mais vous pourriez vous tromper...

—Je ne crois pas, dit-elle.

—Attendez ! Je veux regarder ! Oui, je veux regarder !

—Bien, regarde, me dit Sylvie, en approchant l'aiguille de ma peau.

—Non ! Pas tout de suite ! Je ne veux pas voir ! dis-je en fermant les yeux.

—D'accord.

Mon imagination m'envoie l'image de ma petite soeur Isabelle se faisant percer les oreilles. Elle a les yeux ouverts. Ce qu'elle est brave et courageuse d'affronter ainsi le danger.

—Non ! Je préfère ouvrir les yeux ! Je vais les ouvrir ! Je vais les ouvrir !

—Tu ne changes pas d'idée ? demande Sylvie.

—Non, dis-je en faisant signe que oui. Attendez ! Une dernière chose...

Je me pince violemment le bras. La douleur me fait grimacer.

—Pourquoi as-tu fait ça ? me dit Sylvie.

—J'avais espoir de me réveiller dans mon lit...

—Eh non ! Tu ne rêves pas. J'y vais, si tu es prêt...

Elle a ma permission. En un mouvement rapide, comme pour lancer un dard sur la cible, Sylvie me vaccine. Je ressens une toute petite douleur au bras, semblable à une piqûre de maringouin. Elle disparaît immédiatement.

—Tu comptes jusqu'à quatre avec moi ? Un, deux, trois, quatre. Voilà, c'est terminé mon grand, me dit l'infirmière, en retirant l'aiguille.

Et j'éclate en sanglots. Mais oui, j'ai le droit de pleurer, moi aussi.

—Tu pleures parce que tu as mal ? demande l'infirmière.

—Non, je pleure parce que je suis content que ce soit fini !

L'infirmière dépose la seringue utilisée dans un récipient de plastique. J'essuie mes yeux. C'est vrai que je n'ai pas eu mal. Il n'y a pas de quoi en faire des cauchemars !

—Si ton bras est sensible, tu appliqueras une débarbouillette d'eau froide. Et si tu fais de la température, tu prendras du Tylenol, me dit Sylvie.

—Merci, madame Pi...

J'allais l'appeler madame Piqûre.

—Merci, madame Sylvie...

Je quitte la chaise, léger comme une plume. Xavier Beaulieu passe devant moi, sans me voir. Il est planté debout devant l'infirmière. Brusquement, comme s'il venait de prendre une importante décision, il lui tourne le dos. Veut-il s'enfuir ?

—Je suis prêêêêêêêêêt !!!! claironne-t-il de sa voix aiguë.

Tous les regards se portent vers lui. Sans plus attendre, il baisse son pantalon et, toujours penché vers l'avant, il offre son postérieur comme cible pour l'aiguille.

—C'est là, qu'il faut piquer, dit-il en désignant sa fesse gauche.

Épilogue

J'ai hâte d'arriver en classe et de raconter aux autres qu'il n'y a vraiment, vraiment pas de quoi s'inquiéter.

Quand j'ouvre la porte, je suis accueilli par des rires. C'est Anthony, de la chaise du professeur, qui fait rigoler tout le monde.

—J'ai demandé à l'infirmière si elle portait une ceinture de cuir. Je voulais mordre dedans afin de chasser la douleur. Au risque de perdre son pantalon, elle me l'a prêtée. J'avais vu ça dans un film de cowboys. Un homme blessé par une balle était opéré à froid. Il buvait beaucoup de whisky aussi. J'y pense... Je n'ai pas eu ma ration de whisky !

—Nous ne donnons pas de whisky aux élèves, corrige mon professeur Geneviève. C'est interdit aux mineurs.

—Oui, mais je suis maintenant mineur et vacciné ! rétorque Anthony.

Je décide d'y mettre mon grain de sel :

—Ça ne vaut pas la peine d'avoir si peur... pour si peu !

—C'est ce que j'étais sur le point de dire, Doum-Doum, assure Anthony. Surtout qu'il reste deux autres vaccins à venir dans l'année...

Alain M. Bergeron

Les piqûres… Ça, je connais. Je peux facilement comprendre les angoisses de notre ami Dominic. Quand j'avais à peu près son âge, j'ai dû subir des tests pour dépister mes allergies.

Dans une petite salle à l'hôpital, un infirmier est arrivé avec un plateau. Il y avait trois ou quatre seringues. Du moins, c'est ce que j'imaginais. Erreur ! Il y en avait exactement 22 ! Si ma mère n'avait pas été là pour me retenir, je crois que je me serais enfui…

J'ai retiré mon gilet et le médecin a écrit les chiffres 1 à 22 sur mon petit, petit bras gauche. C'est tout juste s'il a eu assez de place. Puis il a pris une première seringue et… Finalement, comme le conclut si bien Dominic, ça ne valait pas la peine d'avoir si peur pour si peu. Surtout que dans mon cas, il m'a fallu y retourner le lendemain pour poursuivre l'Opération Allergies et recevoir… 33 piqûres dans le dos ! Ah ! les traîtres !

Samuel Parent

 Contrairement à mon copain Alain, je n'ai pas d'histoire marquante à raconter sur les vaccins. Pas plus quand j'étais un petit garçon qu'aujourd'hui comme parent. Ma petite dernière, Laura, tient de moi : elle a reçu quatre vaccins depuis sa naissance et elle n'a pas pleuré.

En fait, la seule piqûre que j'ai eue en quatrième année et dont je me rappellerai toujours, c'est celle… pour le dessin. C'est vers l'âge de 10 ans que j'ai commencé à gribouiller sur des pages blanches ou dans les marges de mes cahiers. Je préférais cela aux cahiers à colorier.

Depuis, je n'ai plus jamais cessé de dessiner. J'en ai même fait mon métier. Et à ce jour, il n'existe aucun vaccin pour me guérir de cette « maladie »… Heureusement !

MA PETITE VACHE A MAL AUX PATTES